图书在版编目（C I P）数据

失败学校：一个关于成功的故事 /（保）罗茜·波瓦著；（波）莫妮卡·菲利皮娜绘；孙海燕，赵冰译．— 南京：江苏凤凰科学技术出版社，2022.1(2023.3 重印）
(儿童潜力激发）
ISBN 978-7-5713-2368-4

Ⅰ．①失… Ⅱ．①罗… ②莫… ③孙… ④赵… Ⅲ．①儿童故事—图画故事—保加利亚—现代 Ⅳ．① I544.85

中国版本图书馆 CIP 数据核字 (2021) 第 174748 号

失败学校：一个关于成功的故事

儿童潜力激发

著　　者	[保加利亚]罗茜·波瓦（Rosie J. Pova）
绘　　者	[波兰]莫妮卡·菲利皮娜（Monika Philipina）
绘者代理	The Bright Agency, Bright Group International Limited.
译　　者	孙海燕　赵　冰
系列策划	薛陆洋
美术统筹	沈　瑶
责任编辑	唐　仪
责任校对	仲　敏
责任监制	周雅婷
装帧设计	叶　思
出版发行	江苏凤凰科学技术出版社
出版社地址	南京市湖南路1号A楼，邮编：210009
出版社网址	http://www.pspress.cn
编读信箱	skqsfs@163.com
联系电话	(025) 83657623
印　　刷	镇江恒华彩印包装有限责任公司
开　　本	889 mm ×1 194 mm　1/16
字　　数	50 000
印　　张	2
版　　次	2022年1月第1版
印　　次	2023年3月第2次印刷
标准书号	ISBN 978-7-5713-2368-4
定　　价	49.50元（精）

儿童潜力激发

失败学校：

一个关于成功的故事

[保加利亚] 罗茜·波瓦 著
[波兰] 莫妮卡·菲利皮娜 绘
孙海燕　赵冰 译

江苏凤凰科学技术出版社·南京

世界上有无数的童话，童话中有无数的角色，但不是所有人都能成为童话故事的主角的。

“噢，不！我怎么可能不完美？这简直是世界末日！”

“啊呜，狼正是因为太坏了才会被大家讨厌！难道我就不能做人见人爱的大好狼吗？这简直是世界末日！”

“这下我没办法成为演员了！这简直是世界末日！”

无邪王后、郝太狼和菲姑娘就是三位“失败”的童话角色。他们都在经典童话的主角海选中惨遭淘汰，这让他们感到非常难过。

这时候，法力高深的仙女婆婆出现了。

“不要绝望，亲爱的孩子们。新生活才刚刚开始！是时候带你们走进那个神奇的地方了……”

“当当当当，
失败学校！”

“欢迎来到失败学校！”阿蝠校长向他们致意，“愿你们能够越挫越勇！成功就在眼前！”

“完美无缺？”无邪王后简直等不及了。
“人见人爱？”郝太狼眉开眼笑。
“成为演员？”菲姑娘笑成了一朵花。

陶艺？魔术？
弹竖琴？
我都想试试看！
我要成为
大诗人！
我要烤出最完
美的蛋糕！

在第一节课上，阿蝠校长让同学们自由挑选想学的技能。他建议：“最好选一项你喜欢的、又有点儿挑战性的任务。”

无邪王后选择了从没尝试过的烘焙，这看起来很容易！

郝太狼选择了作诗。他信心满满，坚信自己会成为大诗人！

菲姑娘沉思了好一会儿……什么课程能让她迅速出名呢？

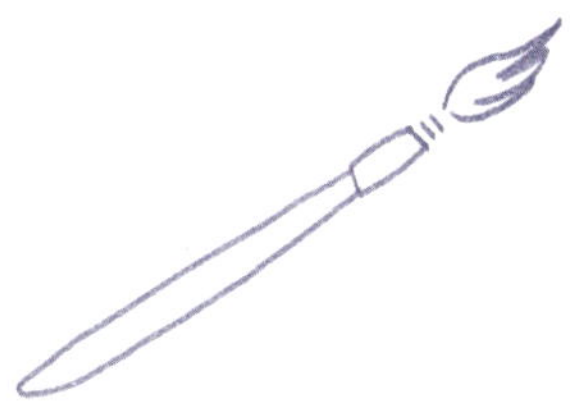

没过几天，阿蝠校长又宣布了一件大事："铁甲王子将要举办盛大的舞会，你们都被邀请去露一手！"

这可是不得了的机会！大家日复一日，努力练习。但是……

无邪王后首先遇到了麻烦——她的蛋糕又又又又烤糊了！

郝太狼想要写讨人喜欢的诗，但是……

“恕我直言，郝太狼，虽然你的画十分生动，但这首诗好像不太适合《素食世界周刊》。”

“可是，这些诗句是我绞尽脑汁写出来的！”他哀嚎道。

铁甲舞会
期待您的
光临！

菲姑娘试了半天，很快就觉得陶艺、魔术和竖琴都没意思。她仍旧不知道该选什么。就在这时……她突然瞧见了舞会的海报。

“你可以和铁甲王子跳舞，”阿蝠校长说，“但要小心别让他踩了你的脚指头！”

菲姑娘皱皱眉：“没人能踩我的脚指头！”

三位同学继续奋斗！

无邪王后系上幸运围裙试了又试，却制造出一场又一场的烘焙灾难。

“平塌塌的，都不能叫‘蛋糕’，”她叹了口气，安慰自己，“但好在没烤焦。”

想要人见人爱的郝太狼遇到了大难题！他不得不重新思考自己到底要选什么。

他长长地叹了一口气。

至于菲姑娘……

在学校的失物招领处，她碰巧找到了她想要的“秘密法宝”，于是她决定赌一赌——去和王子跳舞！

举办舞会的那天晚上，同学们都来到了城堡。

皇家厨房甜品区，归无邪王后负责。为铁甲王子作诗，是郝太狼的任务。菲姑娘穿着她的“秘密法宝”——铁皮高跟鞋，做足了跳舞的准备。

但是……

最令人担心的事情还是发生了！

皇家厨房的烤箱着火了！

郝太狼围着摆满肉的桌子，晃悠了一整晚，口水流了一地，却没能写出一句诗。

菲姑娘与王子跳舞，全心全意，却一步都没有踩对节拍。不过，她和小丑倒是把彼此逗得哈哈大笑。

回学校的路上，阿蝠校长和他们开玩笑说：“毫无疑问，你们正朝着‘失败’前进。”

失败学校的课程还在继续，更多的挫折紧随而来……

终于……

终于迎来了毕业日！

仙女婆婆给大家带来了礼物，还主持了毕业典礼。

阿蝠校长欣慰地说：“我为你们感到骄傲，因为你们都学会了在失败后永不言弃，祝贺你们！”

他亲手为每个学生颁发毕业证书，还写下了充满智慧的寄语——

“无邪王后：记住，不必追求完美，只做最好的自己！”

“郝太狼：你现在应该明白了，做自己喜欢的事情，比讨别人喜欢更重要！”

“菲姑娘：请不要停止挑战自己，无论多困难，也要继续坚持！”

就这样，他们又各自开始了新生活。

无邪王后开了一家烘焙店。

郝太狼创办了自己的《肉食诗刊》，还为杂志配上了满满的美食插图！

菲姑娘则决定去应聘铁甲王子的私人时尚顾问。她觉得王子的服装品位实在不敢恭维。

但是……

事情还是和他们想的不太一样……

好消息是，这些“失败学校”的毕业生们已经准备充分。

他们从失败中发现了……

真正的**自我**！

我早就知道，
一幅画胜过千言万语！

至于无邪王后……

在烤焦了更多蛋糕后，她灵光一动，推出了冰冰凉的小点心。

在毕业一周年的同学聚会上，无邪王后、郝太狼和菲姑娘分享了他们的故事……

这使他们登上了失败学校的光荣墙，成为了成功的榜样！